Julia Nachtwald

Ungebetene Gäste und andere mörderische Geschichten

Kurzkrimis

Impressum

Bibliografische Information der Deutschen Nationalbibliothek:
Die Deutsche Nationalbibliothek verzeichnet diese Publikation in der Deutschen Nationalbibliografie; detaillierte bibliografische Daten sind im Internet über http://dnb.dnb.de abrufbar.

© 2023 Julia Nachtwald

Herstellung und Verlag: BoD – Books on Demand, Norderstedt

ISBN: 978-3-741-27678-1

Inhalt

Eine gute Ehefrau 6

Nur kein Mitleid 9

Der Fremde 17

Im Morgenrot 26

Tödlicher Genuss 35

Burning Desire 63

Alles für die Familie 72

Ungebetene Gäste 87

Eine gute Ehefrau

Ich liebe Kekse mit Himbeermarmelade. Sie sind das Highlight des Jahres und meiner Weihnachtsbäckerei. Als Kind habe ich sie immer aus der Keksdose meiner Mutter stibitzt, egal wo sie sie versteckt hatte.

Nun backe ich sie immer selbst, aber lange nicht so gut wie meine Mutter. Mit meiner neuen Nachbarin habe ich Rezepte getauscht. Letzte Woche war ich bei ihr zum Tee eingeladen und sie hat mir ihre Himbeerkekse angeboten. Ich muss gestehen, sie toppten meine und sie kamen an die meiner Mutter ran. Das weckte Erinnerungen in mir und den Wunsch, mehr davon zu essen.

Immer wieder wanderte heute Nachmittag mein Blick hinüber zum Haus meiner Nachbarin.

Die Sonne schien und es war frühlingshaft warm. Bei ihr stand sogar die Terrassentür und das Küchenfenster offen.
Ich überlegte hin und her und dachte, es macht doch nichts, wenn ich einmal rüber gehe und sehe, ob da nicht noch Plätzchen von gestern auf dem Tisch stehen.

Ich schlich mich an, blieb an der Tür stehen.
Da hörte ich ihr helles Lachen und eine Stimme, die mir sehr bekannt vorkam. Ich wagte einen Blick durchs Fenster.
Mein Mann saß mit ihr auf dem Sofa, ganz nah beieinander. Und sie amüsierten sich. Er biss von einem ihrer sagenhaften Plätzchen ab und sie fragte: „Im Ernst, wann willst du es ihr sagen?"

Er zögerte kurz. „Das von uns? Nach Weihnachten."

Mir stockte der Atem. Wie lange ging das mit den beiden schon?

Ich sah durchs Küchenfenster, das ebenfalls offen stand. Die Plätzchen von gestern standen am Fensterbrett. Kurzentschlossen nahm ich den Teller mit.

Zuhause zog ich mir Einweghandschuhe an, holte ein wenig Arsen aus Altbeständen. Mit einem Messer hob ich die obere Schicht der Plätzchen ab und spritzte das Gift auf die Marmelade. Dann setzte ich die Kekse wieder zusammen.

In gehobener Stimmung trug ich den Teller zurück an seinen Platz.

Zu Hause wartete ich als gute Ehefrau auf meinen Mann.

Nur kein Mitleid

„Kommen Sie doch zu mir ins Büro.", sagte mein Chef zu mir. Ich hatte keine Ahnung, was er von mir wollte. Unsicher betrat ich das mit italienischem Marmor gefliese Büro, ging an der Couch vorbei, die sich in der Preisklasse „Mittelklasse Wagen" bewegte.

„Bitte nehmen Sie Platz.", sagte mein Chef und deutete auf den Besucherstuhl. Was sollte das? Er war doch sonst nicht so formell.

„Vielleicht wissen Sie es schon, aber die Firma muss sparen. Die Zahlen aus dem letzten Quartal…" Hier hörte ich schon nicht mehr hin.

„Jedenfalls müssen wir Personal reduzieren. Sie sind am kürzesten hier, eine von den Jüngsten, deshalb trifft es sie." Das war kurz und bündig.

Ich war gekündigt. Mir blieb die Spucke weg. Gekündigt und das nach all den Überstunden, unbezahlt, versteht sich,

Sonderschichten und so weiter. Er bat mich, meinen Urlaub zu nehmen. Die übrige Zeit bis zum Ende des Monats stellte er mich frei. Morgen war mein letzter Arbeitstag.

Mit weichen Knien verließ ich das Büro. Damit hatte ich nicht gerechnet. Was jetzt?

Mein Lebensinhalt war mein Job, ich lebte dafür. Die Sekretärin sah mich an. Sie wusste Bescheid. Wir waren nur Kolleginnen, sie war eine Zicke, die jeden Vorteil für sich nutzte. Wahrscheinlich dachte sie nur, gut, dass es nicht mich erwischt hat.

Ich zitterte am ganzen Körper, als ich mit der S-Bahn nach Hause fuhr, sperrte meine Wohnung auf und legte mich aufs Bett, die Füße hingen herunter. Mein Leben war zu Ende. Ich lag da, regungslos, apathisch.

Um Mitternacht ließ der Schock nach, ich registrierte, dass ich total verschwitzt war und die Straßenschuhe drückten. Mein Gesicht war rot und aufgequollen von den Tränen. Dann stand ich auf. Ich wollte nicht arbeitslos sein. Nicht gekündigt sein.

Sollte ich mich umbringen? Meinem Leben hier und jetzt ein Ende setzen? Mich vor den Zug werfen? Der arme Zugführer, womöglich wäre er sein Leben lang traumatisiert.

Von der Brücke springen? Ich dachte an den harten Aufprall auf dem Teer.

Mich aufhängen, im Park und von frühen Gassi Gehern gefunden werden? Ich überlegte, nein, außerdem hatte ich keinen passenden Strick.

Ins Wasser gehen vielleicht, das Wasser in der Elbe hatte im Februar vielleicht drei oder vier Grad Celsius. Brr kalt.

Doch Tabletten schlucken? Ich las die Anleitung. Dann stellte ich mir vor, wie der Rettungsdienst die Tür aufbrach, und ich mit Müh und Not überlebte. Eine schreckliche Vorstellung.

Ich grübelte und je mehr ich nachdachte, umso weniger Lust hatte ich, mich umzubringen.

Man konnte doch auch anders aus dem Leben verschwinden, oder nicht?

Ich sah in den Spiegel. Ach, was sollte das Ganze. Wie war doch gleich die Nummer für den Safe? Vor einigen Tagen hatte er sie der Sekretärin gegeben. Nur für den Notfall. Das Geburtsdatum seiner Frau. Ich stand am Kopierer in der Ecke. Niemand bekam mit, dass ich mitgehört hatte.

Und dann hatte ich sowas wie eine Eingebung. Der Tresor.

Es war mitten in der Nacht. Ein Blick aus dem Fenster. Rabenschwarze Nacht. Die Straße war wie leer gefegt. Die Handtasche umgehängt, fuhr ich zurück zum Büro. Dieses Mal mit dem Auto, parkte es eine Straße weiter, lief über das Kopfsteinpflaster zum Eingang. Im Bürogebäude war alles finster, keiner da. Ich lief die Treppe hoch in den vierten Stock, zog meine Handschuhe an, tippte die Zahlenkombination ein, holte Luft und öffnete den Tresor, alles easy. Im Tresor stapelten sich die Geldbündel. Jede Menge Bargeld. Das waren bestimmt 100.000 Euro. Ich fragte nicht lange, woher das viele Geld stammte, sondern verstaute es in meiner Handtasche, und ich hatte nicht den Funken eines schlechten Gewissens. Videoüberwachung pah. Aus Kostengründe und zur Abschreckung war es nur eine Attrappe.

Zu Hause fröstelte ich, ein heißes Bad genau das Richtige, um in einen süßen Schlummer zu fallen. Aber wollte ich die Nachbarn wecken? Die Nachbarn brauchten ihren Schlaf. Sie waren wie ich elende Arbeiter, die tagein tagaus für ihren Unterhalt schufteten, ohne zu leben. Da sollten sie wenigstens schlafen dürfen. Um halb sechs heizte ich den Boiler, duschte, drängelte mich später wie jeden Tag in einen überfüllten

Wagon der Linie 32 Richtung Zoo, stieg aus, holte beim Bäcker am Eck Brezen und Orangensaft, räumte den Schreibtisch aus und gab die Schlüssel fürs Büro der Sekretärin. Nachmittags verabschiedete ich mich von den Kollegen, die voller Mitleid waren und mir Glück wünschten. Wir bleiben in Kontakt, beteuerten alle. Ich sah immer noch verheult aus und Glück konnte ich wirklich gebrauchen.

Kurz bevor ich ging, hatte ich allerdings noch eine Schrecksekunde. Die Sekretärin sollte etwas aus dem Tresor holen. Mir blieb das Herz fast stehen. Jetzt nur keinen Aufruhr. Ich klammerte mich am Schreibtisch fest. Wartete. Ich hörte, wie sie die Zahlen eintippte, kurz darauf kam sie mit schwingenden Hüften um die Ecke und wedelte mit einem Dokument. Sie brachte es unserem Chef. Jeden Moment erwartete ich den Ruf nach der Polizei. Aber es passierte nichts. Ganz langsam atmete ich aus. Ein Blick auf die Uhr, Zeit zu gehen. Ich verabschiedete mich von allen und bedankte mich bei meinem Chef für die gute Zeit. Und er sagte mir, wie sehr es ihm denn leidtue.

Ich nahm die S-Bahn zurück in das Vorstadtviertel, in dem jedes Hochhaus gleich aussah und die Massen abends tagein tagaus verschwanden. Zuhause riss ich den Kühlschrank auf, nahm einen Energydrink heraus. Zeit zu gehen.

Ich zog mich um, packte meinen Lieblingspullover, Wäsche, Jeans und Socken in eine Reisetasche, meine persönlichen Gegenstände. Den Rest aus dem Zimmer steckte ich in zwei Umzugskisten, organisierte im Internet einen Container und stellte sie dort unter. Zwei Stunden später: Ein Blick auf mein Zimmer. Es war leer. Licht aus. Kündigen würde ich später.

Ich fuhr zum Hafen, auf dem Weg dorthin verscherbelte ich mein Auto.

Die Abmeldung übernahm der Händler.

Jeden Tag laufen Schiffe aus. Ich entschied mich für ein Frachtschiff. Die „Senhorita Inez" nahm in zwei Stunden Kurs auf Rio. Außer mir waren ein älteres Ehepaar und ein junger Mann an Bord, wir waren die einzige menschliche Fracht neben der Mannschaft und Containern. Der Kapitän fragte: „So eine junge Frau wie Sie alleine nach Südamerika, warum?"

„Ich habe Familie dort.", antwortete ich wie aus der Pistole geschossen. Er lächelte. „Natürlich."

Es hieß „Leinen los", und ein leiser Ruck ging durch das Schiff. Mein neues Leben begann.

Der Fremde

Mainheim war eine Landstadt, so sagte man früher, knapp über 5.000 Einwohner ohne Hunde, Katzen und sonstige Tiere. Man wohnte hier nicht, man lebte, lebte in einer engen Gemeinschaft. Über die Jahre hatten sich Regeln gebildet, an die man sich hielt. Selten zog jemand hierher, abseits von der großen Welt, und noch seltener verließ jemand die Stadt. Nur wenn jemand starb und seine nächsten Verwandten weit weg lebten, stand ein Haus leer und später zum Verkauf. So war es nach dem Tod der alten Frau Hesters. Inzwischen war der Garten verwildert, das Haus nicht in bestem Zustand. Ansgar blickte immer wieder hinüber. Es tat ihm in der Seele weh, wie alles immer mehr vergammelte. Doch das Haus war verkauft, und er hatte kein Recht, etwas dagegen zu tun. Der Neue musste es richten. Das verstand sich von selbst.

Doch der Neue, der den niemand kannte, er tat nichts, ließ alles, wie es war.

Ansgar und die anderen waren sich einig: Der Neue war ein Städter, der sich nicht um den Garten kümmerte, einer der nichts verstand, einer dem alles um ihn herum gleichgültig war. Er hatte Geld, das sah man am Auto, ein schwerer Wagen, neuestes Model.

Aber er ließ den Garten nicht machen, und das, obwohl man ihm schon Flyer in den Briefkasten gesteckt hatte.

Die ersten Gerüchte kamen auf, darüber, was er wohl für ein Mensch sei.

So beschlossen die Nachbarn für sich und alle anderen in der Stadt, dass dies ein Ende haben sollte.

Ansgar wurde auserwählt, um „die Sache" zu regeln.

Er ging in seinen Garten und pflückte Bärlauch und mischte ihn großzügig mit Herbstzeitlosen.

Der Fremde war neu in diesem Viertel: Als er das alte Haus gekauft hatte, waren die Nachbarn hocherfreut. Endlich würde hier renoviert werden und das einzige vernachlässigte Haus verschönert. Die Straße würde in vollem Glanz erstrahlen. Nur dazu hatte er, der Fremde, keine Lust. Den größten Teil seines Lebens hatte er im Ausland und auf Reisen verbracht. Das Haus lag günstig und war nicht teuer. Die Nachbarn waren ihm egal. Andere Menschen waren nie sein Ding gewesen, ihre Gesellschaft auch nicht und jetzt lebte er in diesem Viertel, in dem man ohne ein Wort darüber zu verlieren, erwartete, dass er sich anpasste: Das Haus in Ordnung brachte und den Garten pflegte. Aber das fiel ihm nicht im Traum ein.

Morgens stand er auf, holte die Zeitung und brühte sich einen starken Kaffee. Dann trainierte er im Fitnessraum im Keller. Irgendwann war es Zeit, in den Garten zu gehen. Er schlurfte in seinen alten verbeulten Hosen mit Hosenträgern über dem langärmeligen Unterhemd und in Gummistiefeln hinaus und spazierte ein wenig über die Wiese.

Anfangs hatten ihn die Nachbarn gegrüßt, jetzt nicht mehr. Umso erstaunter war er, als es eines Vormittags an seiner Tür läutete. Er schob die Zeitung beiseite und öffnete. Sein Nachbar stand vor ihm.

„Schön, dass Sie da sind. Ich hätte Bärlauch für Sie, ganz frisch!"

Er hielt ihm die in Zeitungspapier ein-geschlagenen Blätter hin.

„Machen Sie sich doch einen schönen Salat davon, am besten heute oder morgen, solange er noch frisch ist!"

Der Fremde öffnete die Zeitung und warf einen Blick auf die Blätter. Er grinste.
„Ja, sehr gerne, vielleicht wollen Sie heute zum Mittagessen vorbeikommen, sagen wir so gegen zwölf Uhr."

„Ja." Ansgar war irritiert, die Einladung kam etwas überraschend.
Und doch er würde kommen, schon aus Neugier. Noch nie hatte der Fremde jemanden ins Haus gebeten.
Etwas nervös läutete Ansgar kurz nach zwölf Uhr. Der Fremde hatte sich frisch gemacht, eine Schürze umgebunden.
„Kommen Sie doch herein!"
Damit trat Ansgar über die Schwelle. Er war neugierig, wie es im Haus aussah. Anders als er es sich vorgestellt hatte: Es gab kaum Möbel. Im Esszimmer stand ein Holztisch mit zwei alten Stühlen. Sonnenlicht fiel auf den Tisch und die Geranien am Fenster. Sie blühten.

Der Holztisch war gedeckt, mit weißen Tellern, Silberbesteck, Blumen in der Mitte des Tisches, geschliffene Gläser.

Alles war bereit für ein Festmahl.

„Nehmen Sie doch Platz!"

Der Fremde bot ihm Brot, Wein und Oliven an. Das war die Vorspeise, sie war köstlich.

Ansgar blickte durch das Fenster in den Garten. Seltsam, von hier aus betrachtet sah der Garten gar nicht so schlimm aus.

Sie redeten ein wenig hin und her, der Fremde bedankte sich für die Flyer zur Gartengestaltung.

Dann erhob er sich und ging in die Küche, um das Hauptgericht zu holen.

Ansgar zweifelte jetzt, ob das mit dem Bärlauch wirklich richtig war. Nervös biss er auf seinen Lippen herum. Nein, sie hatten es gemeinsam entschieden, und er war verantwortlich dafür, dass der Beschluss ausgeführt wurde. Er tastete an seiner Jackentasche. Das Rezept war da.

Dann kam der Fremde mit einer Platte zurück.

„Ich habe eine Köstlichkeit für uns zubereitet, nach einem Rezept meiner Tante aus Österreich, einen Strudel."

Ansgar lächelte und zog das Rezept für den Bärlauch Salat aus der Tasche. In diesem Moment zweifelte er wieder. Er bereute es beinahe, die Aufgabe übernommen zu haben.

„Hier das Rezept für den Bärlauch Salat."

Ihm lief bei dem Gedanken an den Strudel schon das Wasser im Munde zusammen. Doch als er den Strudel genau ansah, gefror ihm trotz der Wärme das Blut in den Adern.

Es war ein Bärlauch Strudel. Sein Bärlauch. Der tödliche Bärlauch mit den Herbstzeitlosen.

Seine Hände zitterten so sehr, dass die Gabel klirrend zu Boden fiel.

Der Fremde brachte eine neue, er redete über dies und das und ließ es sich schmecken.

„Möchten Sie noch Wein?" Ansgar nickte.

Der Fremde schenkte nach. Derweilen traten ihm die Schweißperlen auf die Stirn. Der Nachbar musste doch jeden Moment merken, dass etwas nicht stimmte, ihm musste schlecht werden. Doch nichts geschah.

Da sah der Fremde auf. „Ich rede hier und rede. Sie haben ja noch kaum etwas gegessen. Schmeckt es nicht?"

Ansgar schüttelte den Kopf.

„Es ist noch genug da, nur keine Hemmungen, greifen Sie ruhig zu!"

Wie lange würde es noch dauern, bis das Gift zu wirken begänne? Er hatte nicht nachgelesen. Ganz vorsichtig aß er ein wenig vom Teig. Sollte er etwas sagen, sollte er den Fremden retten?

Der Gedanke, mit dem Fremden sterben zu müssen, machte ihm Angst. Er verlor jegliche Energie und sank in sich zusammen. Dann bemerkte er, dass der Fremde ihn ansah und aufgehört hatte zu erzählen. Es war völlig still im Raum. Nur die Uhr tickte im Hintergrund.

Der Fremde sah ihm in die Augen: „Jetzt greifen Sie schon zu – ich habe die Herbstzeitlosen aussortiert! Genießen Sie den Strudel, oder möchten Sie lieber den Nachtisch, Zitronensorbet?" Ansgars Blick wurde leer.

„Wissen Sie, ich bin hier fremd, aber ich bin kein Mörder. Auch wenn die Leute das hier glauben."

Er hob das Glas. „Auf gute Nachbarschaft!"

Im Morgenrot

Ich wollte nur schnell was einkaufen, und in der Reinigung das Sakko meines Mannes abholen. Der kürzeste Weg zum Parkhaus führte am Café Sansibar vorbei. Ich traute meinen Augen nicht. Augen zu, Augen auf. Das Bild war noch da. Was ich sah, war ein Alptraum: Mein Mann hielt die Hand einer glutäugigen Schönheit in seiner und seine Lippen berührten ihre. Nein, es war kein Traum. Die beiden lebten ihre Verliebtheit mit Händchenhalten und Küssen in aller Öffentlichkeit.

Mir blieb der Mund offen stehen, die Einkaufstüten in der rechten und der linken Hand zogen mich nach unten.

Die beiden hatten nur Augen für sich. Mein Mann saß mit seiner Ex bei strahlendem Sonnenschein unter einem Sonnenschirm bei einem Cappuccino und einem Aperol Spritz. Mir sagte er, er sei auf einer Baustelle bei einer Besprechung mit dem Architekten.

Völlig erschlagen ging ich zum Auto und fuhr zur Arbeit im Krankenhaus. Ich hatte heute Nachtschicht.

Das Bild von meinem Mann und seiner Ex, die seine Neue war, hatte sich ins Gehirn eingebrannt, und egal, ob ich Medikamente für die Patienten vorbereitete oder den Blutdruck maß, ich sah die beiden vor mir.

Am nächsten Morgen kam ich gegen fünf Uhr nach Hause.

In der Küche roch es nach gebratenen Eiern auf Toast und frischem Kaffee. Er saß da mit verstrubbeltem Haar, unrasiert, in seiner ausgebeulten Jogginghose und dem Sweater, den er schon die ganze Woche anhatte.

Für sie hatte er sich in Schale geworfen, geduscht, für mich war er „en naturell" gut genug.

Er ließ sich Toast mit Schinken und Ei schmecken. Es reichte nur für ein „Bist schon da?", nicht für einen „Guten Morgen, wie war die Nacht?" Er sah kaum von der Zeitung auf. Mit seiner rechten versenkte er eine neue Scheibe Toast im Toaster.

Der Toaster stand da, wo er mich am meisten nervte. Am Ende unseres Tisches. Unsere Küche ist ein schmaler Schlauch: rechts von der Tür die Küchenzeile aus dem Baumarkt, rot lackiert, links ein an der Wand befestigtes Brett, gerade so breit, dass es als „Esstisch" durchgeht.

Im Zwischenraum zwischen Tisch und Küchenzeile ist Platz für zwei Stühle. Vom Tisch aus sieht man über die Stadt. Die Aussicht ist phänomenal. Doch zurück zum

Toastkabel. Ich weiß noch den Tag, an dem er das lange Kabel am Toaster angelötet hat, weil das Standardkabel nicht lang genug war.

„Es gibt Kleinigkeiten die machen das Leben leichter.", erklärte er mir.

Die Steckdose ist direkt neben meinem Platz unter dem Lichtschalter bei der Tür. Dieses extra lange Kabel verläuft seither über meinen Platz am Tisch bis zur Rechten meines Mannes. Er kann damit seinen Toast mit minimaler Bewegung entnehmen.

Ich ärgere mich jeden Tag über diese „Kleinigkeit", die mir den Platz am Tisch nimmt. In der Regel trinke ich meinen Espresso dann im Stehen. Doch heute war es zu viel.

Immer war dieses Kabel im Weg. Ihn stört es nicht. Wie so vieles in unserm Leben. Es stört ihn nicht, dass ich Vollzeit unsere Brötchen verdiene, während er, der Selbständige, immer Zeit für alles hatte. Vor allem für seine Kumpels, fürs Zocken und seine Ex. Am liebsten nahm er Aufträge an, wenn er mit zu meinen Eltern, auf Geburtstage oder zu anderen Familienfesten eingeladen war. Es reichte.

Ich beobachtete ihn, wie er genüsslich an seinem Kaffee nippte und Zeitung las. Er saß weit zurückgelehnt in seinem Stuhl, so dass seine Schultern mit der Lehne abschlossen.

Wie immer stand der Toaster zu seiner Rechten. Das Kabel verlief um sein Gedeck herum, quer über meinen Platz zur Steckdose. Ich zog das Kabel aus der Steckdose wie immer, wenn ich mich setzen wollte.

Anders als sonst nahm ich es mit der linken, während ich mich hinter ihn stellte und mit der rechten nach dem anderen Ende griff. Dann ging alles ganz schnell: mit einem Ruck riss ich es aus dem Toaster, überkreuzte es hinter seinem Hals, zog es zusammen, bis er röchelte, drehte es wie ein Gewinde. Er wehrte sich zu spät. Seine Glieder, die sich im letzten Kampf um sein Leben noch angespannt hatten, wurden schlaff, seine Arme hingen nach unten. Er war tot.

Dann ließ ich los. Ich fühlte mich befreit. Die aufgehende Sonne tauchte die Hochhäuser und Wohnblocks in ein rotes Licht.

Ich trank meinen Espresso in einem Zug, zündete mir eine von seinen Zigaretten an, und blies Kringel in die Luft. Eingenebelt in blauem Dunst fing ich an zu überlegen. Wohin mit seiner Leiche?

Wir hatten die einzige Wohnung im obersten Stockwerk. Ich band ihm ein Tuch um den Hals, um die Abdrücke des Kabels zu verdecken. Im Treppenhaus roch es nach Kohl von gestern und Putzmittel. Ich holte den Lift, schleifte ihn aus der Wohnung und schob ihn hinein. Ich stellte einen Träger mit Bierflaschen dazu und drückte auf „K" für Keller. Die Tür schloss sich. Es ruckelte. Der Lift fuhr nach unten. Es war mir egal, was passieren würde. Sollte ihn doch finden, wer wollte.

Keine zehn Minuten später läutete es an meiner Wohnungstür. Wenn das die Polizei war, ging es ja schnell. Wer auch immer vor meiner Tür stand, ich konnte mir denken, worum es ging. Ich machte die zwei Schritte zur Tür und öffnete.

Vor mir stand Vera mit dem Piercing am Nasenflügel und den lila Strähnen in ihrer Mähne. Sie lebte in einem Appartement einen Stock unter uns. Wir haben einmal im Waschkeller ein paar Worte gewechselt. Sie sieht sehr sportlich aus, und sagen wir, ihre Lackleggins wirken sehr sexy.

Ich weiß nicht, womit sie ihr Geld verdient und ich möchte es auch nicht wissen.

„Du hast ein Problem meine Liebe. Guck in den Lift." Sie strich sich die lila Strähnen aus dem Gesicht.

„Oh.", antwortete ich. „Meinst du ich sollte den Krankenwagen rufen?"

„Dafür ist es zu spät. Er ist tot." Sie lehnte lässig im Türrahmen, die Beine überkreuzt. Den Lift hatte sie blockiert. Sein Arm ragte heraus.

„Die Polizei?", fragte ich.

„Willst du jede Menge Fragen beantworten?", fragte sie zurück. Guter Punkt. Ich schüttelte den Kopf.

„Mein Auto steht in der Tiefgarage an der Tür zum Keller. Wenn du möchtest, könnten wir." Sie vollendete den Satz nicht. „Aber ich habe dann etwas bei dir gut!", sagte sie. Sie sah mir fest in die Augen.

Ich zuckte mit den Schultern.

„Hilfst du mir, helfe ich dir."

Sie lächelte und ging voraus. Als ich mit meinem Mann im Lift in der Tiefgarage ankam, parkte ihr Wagen schon dicht am Aufzug. Wir fuhren raus in den Wald.

Als wir zurückkamen, war es im Haus ruhig. Die Berufstätigen und Schüler hatten es bereits verlassen, die älteren Herrschaften saßen bei der Morgenausgabe der Neustädter `Zeitung`. Wir waren ein Dream-Team.

Ich hatte Hunger wie selten in meinem Leben. Wir frühstückten bei ihr.

Bei einem Café Latte sagte sie: „Kann sein, dass ich bald auf dich zurückkomme."

Wieder eine Verpflichtung und trotzdem fühlte ich mich befreit.

Tödlicher Genuss

„Nein, nein! Kein Aprilscherz, unser Herr Dr. Lerch ist tot!"

Die Haushälterin hatte die Polizei gerufen, weil der „Gnä` Herr" wie sie sagte, montagmorgens tot am Boden lag. Er hatte noch versucht, sich zum Telefon zu schleppen, es aber nicht mehr geschafft. So, wie er in seinem Arbeitszimmer zwischen italienischen Stilmöbeln lag, verkrümmt, neben Erbrochenem, sah es nicht nach einem leichten Tod aus, und auch nicht ganz natürlich.

Die langbeinige Gerichtsmedizinerin mit den rehbraunen Augen stellte den Todeszeitpunkt fest:

„Sonntagabends zwischen 18.00 und 20.00 Uhr. Genaueres später." Sie sah sich um.

„Hier haben wir vielleicht schon die Ursache." Auf dem Esstisch stand noch das letzte Mahl. Nudeln mit Bärlauch Pesto, die schon ein wenig alt aussahen.

„Könnte eine Verwechslung mit Herbstzeitlosen oder Maiglöckchen sein. Aber ich tippe auf Herbstzeitlose. Das wäre dann eine Vergiftung mit Alkaloid Colchicin. Das kommt in der Herbstzeitlosen vor, wird aber auch für die Behandlung von Gicht oder Krebsgeschwüren verwendet.

Das hatte der gute Mann vermutlich beides nicht. Und wer behandelt sich schon selbst?"

Sie sah mich forschend an. Ich spürte, wie mir das Blut in den Kopf schoss. Kannte sie meine Ärztephobie, und dass ich lieber zu Naturheilmitteln griff, als beim Hausarzt vorbeizuschauen? Das konnte nicht sein. Ich riss mich zusammen und lauschte ihrem Redeschwall.

„Jedenfalls ist Selbstmord ebenfalls unwahrscheinlich, wer will schon Erbrechen und blutige Durchfälle haben? Nach ein bis zwei Tagen tritt Atemlähmung ein, und man ist bis zum Ende bei vollem Bewusstsein. Kein schöner Tod."

Das waren die Infos, mit denen sie mich versorgte.

„Wir haben immer wieder Verwechslungsfälle in der Bärlauch Zeit."

„Ist es vielleicht doch nur ein Unfall?"

Sie zuckte mit den Schultern.

„Das herauszufinden ist ihr Job. Also dann, auf zum fröhlichen Jagen." Hatte sie mir eben zugezwinkert?

Die Dame hatte Humor. Aber bei ihr war ich mir nie sicher.

Ich wandte mich an die Haushälterin, Frau Weyerl, die immer noch im Türrahmen stand und interessiert zuhörte.

„Was war Herr Dr. Lerch denn von Beruf?"

„Jetzt war er in Pension, der gnä Herr, und vorher war er Richter am Landgericht. Ja, wissen`s das denn nicht?"

„Leider nein." Ich konnte doch nicht jeden kennen.

Richter, so jemand konnte natürlich Feinde haben. Aber erst mal langsam.

„Ist Ihnen denn etwas aufgefallen? Wurde er bedroht? Oder liefen hier Leute herum, die nicht hierhergehören?"

„Ja, Sie fragen Sachen. Nein, da weiß ich nichts." Sie schüttelte den Kopf über meine Fragen.

„Lebte er allein in diesem großen Haus?"

„Ja, seine Frau is schon lange gestorbn und er hat drei Buben."

„Wie alt?"

„Erwachsen."

„Und sonst?"

„Hm, ja, eine Nichte. Die war auch manchmal da."

Ja, wunderbar! „Sonst noch?"

„Nein, nicht dass ich wüsste. Aber, weil ich vorher mitgehört, hab, nicht absichtlich. Den Bärlauch, den hatte er seit Jahren aus dem eigenen Garten."

„Ok, aber gestorben ist er erst gestern."

Mitgehört hatte sie, vielleicht wusste die Gute mehr, als sie sagte.

„Hatte er Freunde oder Bekannte, die ihn besuchten?"

Sie runzelte die Stirn.

„Ja Schach hat er gespielt mit einem früheren Kollegen. Einmal im Jahr war er bei der Nachbarin zum Geburtstagskaffee eingeladen. Die wohnt aber erst seit drei oder vier Jahren hier."

„Und mit Ihnen, wie sind Sie denn miteinander ausgekommen?"

„Gut. Hat immer gut gezahlt. War immer zufrieden." Das konnte sie ja jetzt leicht sagen.

„Haben Sie auch für ihn gekocht oder eingekauft?" Sie sah mich an.

„Wegen des Bärlauchs meinen Sie, ja Sie glauben doch nicht etwa, dass ich! Nein, gekocht hat er immer selbst und eingekauft auch. Ich hab nur geputzt und die Wäsche gemacht."

Sie warf den Kopf zurück, drehte sich um und ging nach nebenan. Sie kam aber gleich wieder zurück. „Die Buben waren übrigens alle mit ihm zerkriegt."

„Warum? Geld?"

„Nein, aber sie wollten alle ned so wie er."
„Ah…?"

„Ja, am besten ging es noch mit dem Armin, der is immerhin Arzt geworden, aber die anderen beiden, also der eine is Gammler, hat er gsagt, der bereist die Welt und der andere Halsabschneider, des hat der alte Herr immer über Betriebswirtschaftler gesagt. Jedenfalls, da war immer nur noch der Armin, sonst keiner, obwohl sie auch stritten, ja und des Mädel. Also hörn`s ich muss jetzt."

„Danke, ich ruf an, wenn ich noch was brauche."

Ich verzog mich ins Büro für die Recherche. Aber die Katastrophe wartete bereits auf mich.

„Kollegin Superkorrekt" sollte mich unterstützen, bis mein Partner aus dem Krankenhaus zurück war. Nicht dass ich etwas gegen junge Kolleginnen hätte, aber für meinen Geschmack war sie für ihre Jugend einfach zu perfekt.

Im Lauf der Jahre habe ich meine Herangehensweise an die Dinge entwickelt und ich hatte keine Lust, mich an Miss Superschlau anzupassen.

„Wie läuft`s denn?", fragte sie mich.

„Wie soll es schon laufen, alles im Rahmen."

Sie schnaufte. „Also ich hätte da eine Checkliste."

„Ja, schön, gute Idee. Also, das Opfer war Dr. Lerch, ein pensionierter Richter. Wie wäre es, wenn Sie sich den Täterkreis vornehmen, der aus dem Berufsleben kommen könnte. Ich mach bei der Familie weiter." Das wichtigste in der Zusammenarbeit waren klare Grenzen.

Mein Bauchgefühl sagte mir, dass der Täter ihm nah sein musste, ganz nah.

Sie stutzte. „Ach, ich soll die Akten wälzen?" Sie klang enttäuscht und leicht verärgert.

„Ja. Wenn es Ihnen nichts ausmacht."

„Wenn Sie meinen. Ach ja, hier. Die Vergiftung mit Herbstzeitlosen ist bestätigt." Sie schob mir den Bericht hin und schwirrte ab.

Ich atmete auf, holte mir für 70 Cent einen Automatenkaffee, der immer ein wenig nach dem schmeckte, was zuvor bestellt worden war, im schlimmsten Fall nach Gemüsebrühe.

Trotzdem, ich war erleichtert, dass ich Madame Oberschlau auf die einfache Art losgeworden war. Nur hieß es jetzt ranklotzen, nicht, dass sie mich mit ihren Infos überrannte.

Ich holte mir die Adressen der Söhne und der Nichte und surfte ein wenig im Internet herum. Da fand sich so einiges. Armin, mit seiner Arztpraxis ganz in der Nähe, Tobias mit seinem

Weltreiseblog. Der war seit Tagen irgendwo mit einer Karawane in Afrika unterwegs und dieser Till war Wirtschaftsprüfer. Er lebte und arbeitete in den USA bei einer deutschen Firma, und das nicht erst seit gestern. Blieb noch diese Nichte, die Natascha. Von ihr hatte ich nur die Adresse. Nach der Mittagspause fuhr ich hin.

Schicker Stadtteil, schickes Appartementhaus. Sie bewohnte wohl das Penthouse. Ich läutete. Nichts. Niemand da, dann versuchte ich es einen Stock tiefer. Die Gegensprechanlage surrte. „Ja, bitte?" „Kriminalpolizei – Thomas Buk. Ich hätte da ein paar Fragen zur Frau Jellinek."

Die Tür öffnete sich. Eine ältere Dame stand vor mir. Ich zeigte ihr den Ausweis.

„Kommen Sie herein." Sie führte mich ins Wohnzimmer. „Was ist nun mit der Jellinek?" fragte sie und schob die Brille zurecht.

An ihren Fingern glitzerten Brilliantringe. „Können Sie mir sagen, wo ich sie erreiche, ihr Onkel wurde heute tot aufgefunden."

„Mord?" Ihre Augen wurden immer größer.

„Das können wir noch nicht mit Bestimmtheit sagen."

Die Enttäuschung war ihr anzusehen.

„Ja, die Frau Jellinek ist in der Karibik. Wie die sich das leisten kann, das junge Ding. Die hat aber auch immer Geld von ihrem Onkel bekommen." Neid schwang mit.

„Woher wissen Sie das?"

„Weil sie es mir gesagt hat. Sie könne sich das nur leisten, weil ihr Onkel zahlt. Und das Appartement gehört auch ihm."

„Wann kommt sie wieder?"

„Sie ist schon bald zwei Wochen weg, die müßte bald wieder da sein."

„Gut, dann danke ich einstweilen."

„Wenn Sie noch etwas brauchen…" „melde ich mich.", vollendete ich den Satz.

Damit fiel Natascha als Täterin für mich aus, oder nicht?

Ich machte mich auf den Weg zur Arztpraxis. Allgemeinmediziner. Das Wartezimmer war voll. Die Arzthelferin ließ mich erst beim Stichwort „Mord" vor. „Thomas Buk mein Name. Ihr Vater wurde heute Morgen von seiner Haushaltshilfe tot aufgefunden, wann haben Sie ihn das letzte Mal gesehen?"

Armin Geier sah betroffen aus.

„Wie ist es passiert?", fragte er statt einer Antwort.

„Vergiftung."

„Vergiftung?" Er starrte mich ungläubig an. „Ich war am Freitagnachmittag vor meiner Sprechstunde bei ihm. Wir haben uns nicht wirklich gut verstanden, aber ich habe ihn trotzdem besucht, schließlich war er mein Vater."

Freitagnachmittags, gestorben war er sonntagabends.

„Haben Sie mit ihm gekocht oder gegessen?" „Nein. Warum fragen Sie?"

„Nicht so wichtig, sagen Sie, ihr Vater, mochte der Bärlauch?"

„Ja, hatte er im Garten, wollte er mir immer andrehen, habe ich aber nicht genommen."

„Warum?"

„Ich koche nicht. Sonst noch etwas? Draußen warten meine Patienten." Er sah demonstrativ auf die Wanduhr. Ich ließ mich davon nicht beeindrucken und fragte weiter:

„Sagen Sie, ihre Brüder, wann waren die zum letzten Mal hier?"

„Das ist schon länger her. Till ist als Wirtschaftsprüfer immer unterwegs, das ist bestimmt zwei Jahre her, dass er im Urlaub herkam, und Tobias ist nach dem Abitur vor sechs Jahren aufgebrochen und seither auf Reisen."

„Was ist mit ihrer Cousine Natascha?"

„Ja, die war öfter bei ihm. Der hat er auch sehr geholfen, damit sie diese Sporttherapeutenausbildung machen konnte. Aber der hat er auch ins Leben reingeredet."

„Wie meinen Sie das?"

„Ihr neuer Freund hat ihm nicht gepasst. Wenn sie sich nicht von ihm trennt, dann würde er sie nicht mehr unterstützen und so. Das war im letzten Jahr."

„Mit wem ist sie denn zusammen?"

„Irgend so ein Fitnessfreak, ständig in der Zeitung. Also, er war ihm eben zu wenig."

„Ach..., sagen Sie, wer erbt denn eigentlich?"

„Meine Brüder, ich und Natascha, wobei sie uns gleichgestellt wird, vielleicht sogar mehr bekommt, weil sie ihr Appartement auch noch erbt."

Das wäre ein Motiv. Nur, wie konnte sie ihn umbringen, wenn sie in der Karibik war?

Wenn sich der alte Dr. Lerch etwas aus dem Garten mit Bärlauch gemacht hatte, dann musste jemand die Herbstzeitlosen untergemischt haben.

Und da kam dann nur dieser Armin in Frage. Er war schließlich als Einziger dagewesen, und er war Arzt, er kannte sich mit Giften aus.

Aber es passte nicht zu ihm. Den eigenen Vater vergiften, das traute ich ihm nicht zu. Ein bisschen Streit, das reichte nicht als Motiv.

Irgendetwas war hier gewaltig faul.

Ich fuhr nach Hause, legte mich aufs Sofa und starrte in die Luft. Meine Augen wanderten über die Unebenheiten an der Decke, die wie Wellen aussahen. Was, wenn jemand die Herbstzeitlosen zwischen den Bärlauch gepflanzt hatte? Der Alte hatte alles abgerupft, in der trügerischen Sicherheit, dass in seinem Garten nur Bärlauch wuchs.

Und damit kam auch Natascha oder dieser Till in Frage.

Wann hätte man den Unterschied bemerkt? Klar, zur Blüte der Herbstzeitlosen. Das hieß im Spätsommer bis Herbst. Wenn allerdings erst da die Zwiebeln gepflanzt wurden, wäre es jetzt im folgenden Jahr zur Bärlauch Zeit im April nicht aufgefallen, wenn man die Blätter nicht genau ansieht.

Zur Begrüßung am nächsten Morgen teilte mir die Musterschülerin mit, dass die Jellinek seit gestern Abend wieder im Lande war.
„Und?", fragte sie.
„Abwarten." Ihr würde ich erst Bescheid geben, wenn ich zu tausend Prozent sicher war.

Zuerst läutete ich wieder bei der Nachbarin mit den Brillis. Sie öffnete. „Und, wissen Sie etwas?"
Ihr Leben war anscheinend wirklich sterbenslangweilig.
„Vielleicht können Sie mir helfen. Sagen Sie, wie lange geht das schon mit Frau Jellinek und ihrem Freund?" Sie sah mich erstaunt an.

„Also bestimmt seit letztem Jahr, sagen wir Fasching?"

„Interessant."

„Was gibt es denn Neues?" Sie zog ihre Strickjacke enger um sich.

„Das sag` ich Ihnen, wenn ich das nächste Mal komme."

Jetzt war ich gespannt auf Natascha Jellinek. Ich läutete. Eine braungebrannte Blondine im Jogginganzug öffnete. Mit ihren Kurven war sie sexy, egal was sie anzog. Sie bat mich in die Wohnung. Der Blick über die Stadt und auf die Berge am Horizont war umwerfend.

„Sie kommen gerade aus dem Urlaub. Darf ich fragen, was Sie im letzten Herbst gemacht haben?"

„Im letzten Herbst?" Sie sah mich verständnislos an. „Da war ich zu Hause."

„Wie war denn ihr Verhältnis zu ihrem Onkel?"

„Mal so, mal so."

„Ja, haben Sie ihren Onkel auch mal unterstützt? Er war ja nicht mehr der Jüngste?"

„Ja, schon."

„Wie denn?" Sie grinste. „Ich habe seinen Schreibkram erledigt, und alles, was er nicht seiner Haushaltshilfe überlassen wollte."

„Und da haben Sie manchmal auch für ihn Pflanzen gekauft und bestellt?"

Sie schüttelte den Kopf.

„Und die Herbstzeitlosen, an denen ihr Onkel gestorben ist, die haben Sie zwischen den Bärlauch gepflanzt, weil Sie wussten, dass er den Unterschied nicht erkennen würde, und sich damit selbst vergiftet."

„So ein Quatsch. Also echt." Sie schüttelte den Kopf. „Also da liegen Sie völlig falsch."

„Aber Sie hatten Ärger mit ihrem Onkel." Sie nickte.

„Sie meinen wegen Sascha? Das habe ich schon hingebogen. Und außerdem, wer hatte keinen Ärger mit ihm?"

„Erzählen Sie."

„Also, Till hatte in seinen Augen den falschen Beruf, die falschen Freunde und er war zu oberflächlich. Dem Armin hat er die Freundin vergrault. Der arme trauert ihr heute noch nach. Und Tobias hat er rausgeschmissen wegen eines Joints."

Das waren Gründe, sich aus dem Weg zu gehen, aber als Mordmotiv reichte nichts davon.

„Was war er für ein Mensch?"

„Ich würde sagen, er war korrekt, aber es fiel ihm schwer sich in die Situation eines anderen zu versetzen."

„Er war nicht bösartig?" Sie schüttelte den Kopf. „Nein."

Trotzdem, irgendjemand hatte eine Mordswut auf ihn. War es doch jemand, dem er beruflich auf die Füße getreten war?

Es war jemand, der ganz nah dran war, das sagte mir mein Bauchgefühl.

Ich ging nochmal alles durch: Familie, Freunde, Bekannte, die Nachbarin. Die wollte ich als nächstes besuchen.

Also wieder zurück in dieses gediegene Viertel mit alten Häusern, großen Gärten und hohen Bäumen.

Inzwischen war es nach 18 Uhr und ich war gespannt, wer öffnen würde.

„Ja bitte?"

Ich trug mein Anliegen vor und die Tür schwang auf. Frau Roth empfing mich im Rollstuhl.

„Bitte kommen Sie doch herein."

„Es ist wegen Herrn Dr. Lerch, ihrem Nachbarn."

„Wie ist es passiert?" Sie rollte voraus und ich folgte ihr. Die Sache hatte sich schon in der Nachbarschaft herumgesprochen.

„Vergiftung."

„Wie schrecklich."

„Ist Ihnen irgendetwas aufgefallen? Ungewöhnlicher Besuch?"

Sie dachte nach. „Nein. Nichts Besonderes."

„Hatten Sie Kontakt zueinander?"

„Ich habe ihn wie alle Nachbarn und guten Bekannten einmal im Jahr zum Geburtstagskaffee eingeladen.

Davon abgesehen hatten wir keinen Kontakt."

Ich sah mich im Zimmer um, offener Kamin, Teppiche, alte Bilder.

Auf dem Kaminsims stand ein Foto. „Das sind meine Schwägerin, ich und ihr Sohn. Wir waren damals gemeinsam in Italien." Täuschte ich mich oder war da ein Hauch von Schmerz in ihrer Stimme?

Mein Blick wanderte durchs Fenster hinaus in den Garten, Richtung Nachbarhaus.

„Bei Ihnen wächst Bärlauch?" Sie nickte. Es läutete.

„Das wird der Pflegedienst sein. Sie entschuldigen mich."

Ich ging und warf einen Blick auf das Beet. Bärlauch und war das da nicht eine Herbstzeitlose ganz nah am Gartenzaun?

Es waren nicht eine, sondern viele.

Irgendetwas klingelte bei mir. Da war was. Ich hatte da so ein Gefühl.

Im Büro packte Miss Oberschlau gerade zusammen, bereit in den Feierabend abzuschwirren.

„Und wie sieht´s aus?", fragte ich.

„Also, ich habe alle Fälle der letzten fünf Jahre vor der Pensionierung von Dr. Lerch durchgesehen. Nichts Besonderes. Keine Abweichung im Strafmaß. Überall fair und ok. Und selbst?"

„Ja, mal sehen." Ich blieb vage, nicht, dass sie blieb, und mir über die Schulter schaute.

Kaum war sie draußen, setzte ich mich an den Computer und ging die letzten Akten durch. Da war die Sache mit diesem Jungen, der zu Tode kam. Ich gab den Namen in den Computer ein. „Mildes Urteil für Raser".

Es kam ein Zeitungsbericht. Peter Seibert war tödlich verunglückt, der Raser, der seinen Tod verschuldet hatte, kam glimpflich davon.

Seine Mutter beging kurz darauf Selbstmord. Ihr Ehemann war schon lange verstorben. Die Tante, eine gewisse Rieke R., kümmerte sich danach um seine kleine Schwester Susanne.

Die Verhandlung damals, das alles war ein Drama. Aber der Raser hatte einen guten Anwalt, und das Urteil blieb an der Untergrenze des üblichen Rahmens. Das war vor fünf Jahren. Rieke R.. Das war doch Rieke Roth, die Nachbarin.

Ich rief im Grundbuchamt an. Bei dem Kollegen hatte ich noch was gut. Und die Auskunft kam prompt. Das Nachbarhaus wurde vor drei Jahren an Rieke Roth verkauft, und der Voreigentümer war ein Herr Bless. Der lebte jetzt in der Seniorenresidenz „Fernblick".

Ich erwischte ihn telefonisch nach dem Abendessen. „Ich hätte da eine Frage, haben Sie jemals Bärlauch gepflanzt?"

„Nie im Leben. Schmeckt ja scheußlich. Ich hatte es nicht so mit dem Garten. Die Käuferin diese Rieke Roth, die war im Gartenbauverein, die hatte da eher ein Gefühl dafür."

Dann war sie es. Diese Rieke Roth.
 Sie hatte gewusst, dass Herbstzeitlose sich unterirdisch und teppichartig vermehren, wenn sie erst gepflanzt sind.

Aber war es verboten, ein Beet zu bepflanzen? Ich fuhr nochmals hin.

„Ich bin es nochmal."

Es summte, die Tür sprang auf.

„Sagen Sie, diese Tragödie vor einigen Jahren, das war doch ihr Neffe." Ich hielt ihr einen ausgedruckten Zeitungsausschnitt hin.

„Ja."

„Und jetzt wohnen Sie neben dem Richter und laden ihn einmal im Jahr zum Kaffee ein."

„Aber sicher, wie alle anderen Nachbarn auch." Sie lächelte.

„Er wusste, dass Sie die Tante des Unfallopfers sind?"

„Ich weiß es nicht. Aber, was tut das zur Sache?"

„Wann haben Sie die Herbstzeitlosen gepflanzt?"

„Ich? Sie sehen doch, ich sitze im Rollstuhl."

„Aber.."

„Ich fürchte, ich kann Ihnen nicht helfen. Es ist schon spät, ich muss Sie bitten zu gehen."

Zu Hause scrollte ich mich durch die Seiten vom Gartenbauverein. Fotos von Grillfesten, Jahrestagen und Jubiläen und ich fand, wonach ich suchte.

Ein Foto von Frau Rieke Roth vor vier Jahren zusammen mit einer jungen Frau, Susanne Seibert, im Hintergrund stand Dr.

Armin Lerch. Wer hätte das gedacht.

Und der Verein warb für seine jährliche Pflanzenbörse.

Sie war es. Gut, vielleicht hatte sie Helfer. ich war mir zu hundert Prozent sicher, dass sie die Herbstzeitlosen absichtlich gepflanzt hatte oder pflanzen ließ. Nur wer konnte das beweisen?

Burning Desire

Die Sonne brannte vom wolkenlosen Himmel. Das ganze Land ächzte unter der Hitze. In den Städten glühte der Asphalt. Sogar hier bei meiner Hütte im Wald war es drückend heiß. Der Schweiß tropfte von meiner Stirn. Es war Zeit für eine Abkühlung. Ich lief den bemoosten Weg hinunter zum See und sprang vom Steg hinein ins kühle Nass. Wieder erfrischt ließ ich mich von der Sonne trocknen.

Die Hütte im Wald mit Seezugang war Luxus pur.

Vertieft in meine Ferienlektüre bemerkte ich den Mann erst, als er aus dem Schatten der Bäume trat und grüßte. Er war ein wenig älter als ich, sehr gepflegt, ein Städter.

„Schön ist es hier. Hätten Sie einen Augenblick Zeit für mich?"

„Warum nicht?" Ich wunderte mich ein wenig über diesen Besuch. In seinem beigen

Anzug und den Lederschuhen passte er nicht in den Wald. Außerdem verirrte sich normalerweise niemand hier her. Spaziergänger und Badegäste tummelten sich auf der anderen Seite des Sees. Aber er wirkte freundlich und so lud ich ihn ein, sich zu mir zu setzen.

Er trank einen Schluck Wasser und fragte gerade heraus: „Würden Sie mir diese Hütte samt Grund verkaufen?"

Ich schüttelte den Kopf. „Nein, warum?"

Er sah sich um. „Es ist schön hier, so ruhig. So von der Welt verborgen. So einen Rückzugsort wünsche ich mir schon mein ganzes Leben lang." Er war begeistert. „Die Waldluft." Er atmete tief ein.

Ich sah das Verlangen in seinen Augen und lächelte ihn an.

„Sehen Sie, deshalb bin ich so glücklich hier und möchte die Hütte behalten.

Sein Ausdruck wechselte von Verlangen zu unterdrücktem Ärger.

„Nun gut, wenn Sie es sich anders überlegen. Hier ist meine Karte. Aber überlegen Sie nicht zu lange." War das ein Ultimatum?

Er beobachtete mich, als ich seinen Namen las.

Aber der Name sagte mir nichts. Er runzelte die Stirn. „Sie sind nicht von hier?"

„Nein."

„Auf Wiedersehen." Hoffentlich nicht, dachte ich und atmete auf, als er im Wald verschwand. Nur dieses unangenehme Gefühl, das sein Besuch ausgelöst hatte, blieb.

Achtlos schob ich seine Karte in die Schublade. Ich hatte nicht vor zu verkaufen.

Im Laufe des Nachmittags wuchs sich das „unangenehme Gefühl" zur Angst aus.

Und ich wusste noch nicht mal, warum ich Angst hatte.

Sie begleitete mich bis zum Abend. Erst als ich schlafen ging, fühlte ich mich wieder besser.

Die nächsten beiden Tage sprengten alle Hitzerekorde. Sogar im Wald breitete sich drückende Hitze aus. Überall war es trocken, und es hatte schon seit Wochen nicht mehr geregnet. Trockenes Laub zerbröselte, sobald man es anfasste.

Die Waldbrandgefahr stieg. Ich entschied mich, am nächsten Morgen in die Stadt zurückzufahren. Am Abend erhielt ich einen Anruf.

„Hallo, hier Frog, haben Sie über mein Angebot nachgedacht?" Ich brauchte eine Sekunde, um mich an den Anrufer zu erinnern.

„Ich verkaufe nicht.", sagte ich in einem Ton, den ich von mir sonst nicht kenne. Aber ich wollte nicht mehr mit diesem aufdringlichen Menschen reden.

Ich packte meine paar Sachen und setzte mich für den letzten Abend auf die Veranda. Die Grillen zirpten und Vögel raschelten durch die Büsche. Kurz vor Mitternacht legte ich mich schlafen.

Wenig später schreckte ich aus dem Schlaf hoch. Irgendetwas stimmte nicht. Die Luft war heiß und es roch angebrannt.

Ich sah aus dem Fenster. Der Nachthimmel war rot von Feuer. Funken stoben über die Baumwipfel, Äste knackten, das Feuer prasselte, Rehe hetzten in Panik an meiner Hütte vorbei.

Der Wind fuhr in die Wipfel und trug das Feuer weiter. Ascheteilchen flogen mir ins

Gesicht, als ich die Tür öffnete. Das Feuer rückte näher. Der Rauch verschlug mir den Atem. Ich presste mir ein Tuch vor Mund und Nase, schnappte mir meinen Rucksack und das Handy.

Ich verließ die Hütte, die Oase meines Glücks, ohne abzuschließen. Alles, was ich dort hatte, fiel den Flammen zum Opfer. Es ging rasend schnell. Ich konnte nichts mitnehmen.

Mein Auto stand am Parkplatz auf der anderen Seite des Sees. Ich rannte, so schnell ich konnte durch die Nacht, weg vom hellen Schein des Feuers hinein in die Dunkelheit, stolperte über Wurzeln, die aus dem Boden ragten und Steine, immer dem Feuer und dem Qualm voraus.

Die Flammen hinter mir fraßen alles auf.

In dieser Nacht evakuierte die Feuerwehr einen Campingplatz und den Ort am Waldrand.

Glücklicherweise wurde niemand schwer verletzt. Meine Hütte brannte bis auf die Grundmauern nieder. Die Hitze, die lange Trockenheit, der ungünstige Wind und vermutlich eine achtlos weggeworfene Zigarette hatten diese Naturkatastrophe verursacht. Brandstiftung war es sicher nicht.

Die Hütte war völlig zerstört. Es tat mir in der Seele weh. Und doch war ich froh, heil davon gekommen zu sein. Als mich jemand aus der Gemeindeverwaltung fragte, ob ich das Grundstück verkaufen wollte, sagte ich sofort zu.

Ein Jahr später ging ich mit einem Freund dort im Wald spazieren. Ich wollte wissen, wie der Wald jetzt ein Jahr nach der Katastrophe aussah.

An der Stelle, wo meine Hütte niedergebrannt war, stand eine neue. Ich konnte es nicht glauben, wer auf der Veranda saß. Es war der seltsame Mann, der mir die Hütte abkaufen wollte.

Er lud uns auf einen Kaffee ein. „Was führt Sie hier her?", fragte er mich.

„Ich wollte sehen, ob sich die Natur erholt hat."

„Das hat sie, sehen Sie doch.", sagte er. Er deutete auf die frisch angepflanzten Bäume rundherum. „Aber das Schönste an diesem Platz ist der private Seezugang."

Wir unterhielten uns eine Weile, dann brachen wir wieder auf. Ich wunderte mich, dass mein Freund im Gespräch sehr zurückhaltend war, sprach ihn aber nicht darauf an. Als wir uns ein Stück weit von der Hütte entfernt hatten, fragte er mich:

„Woher kennst du ihn?"

„Er wollte mir letztes Jahr vor dem Brand die Hütte abkaufen."

„Und du hast sie ihm verkauft?"

„Nein. Ich wollte nicht, und drei Tage später gab es diesen schlimmen Waldbrand."

Jetzt blieb er stehen. Mein Freund atmete aus. „Weißt du, wem du das Angebot abgeschlagen hast?"

Ich schüttelte den Kopf. „Einem verrückten Stadtmenschen?"

„Nein, Torsten Frog, einem der größten Unternehmer der Region, einem der immer bekommt, was er will."

Mich beschlich ein seltsames Gefühl.

„Da habe ich noch mal Glück gehabt."

Wir setzten unsere Wanderung fort. Aber wir gingen deutlich schneller als zuvor Richtung Parkplatz.

Alles für die Familie

17. Juni 2022

Morgen besuche ich meinen Bruder Ferdl in Lindau am Bodensee. Wir haben uns seit der Beerdigung von Onkel Klaus nicht mehr gesehen oder war es an Mathildes Hochzeit? Jedenfalls ist es viel zu lange her. Und wie die Verwandtschaft so ist, wollen sie mich alle treffen, sogar Tante Amalie, die eigentlich nicht zu unserer Familie gehört. Sie ist angeheiratet, inzwischen verwitwet.

Onkel, Tanten, Eltern, Cousins und Cousinen, sie tun alle so, als wäre Luzern aus der Welt, dabei ist es gar nicht so weit weg. Nun gut, wir, mein Mann und ich wohnen noch nicht lange hier. Vorher lebten wir in New York, Dubai, Shanghai. Luzern ist dagegen unspektakulär.

Es gibt ein großes Hallo und eine Familienfeier im Garten, wenn das Wetter passt.

Jedenfalls hat mich besagte Tante Amalie, die viel gereiste, weltgewandte, gebeten, ihren Kulturbeutel mitzubringen. Sie hätte ihn vor ein paar Wochen bei einer engen Freundin in der Schweiz vergessen. Sie verlebte knapp drei Wochen bei ihr, in der Nähe von Genf, wohlgemerkt ohne mich zu besuchen.

Den Kulturbeutel würde nun ihre Freundin, die Marie, mir im Gasthof bei der Rütli Wiese übergeben.

Die gute Marie macht dorthin einen Ausflug mit ihrem Chor. Morgen am 18. Juni wäre sie dort.

Luzern und das Rütli liegen nicht weit auseinander. Wir waren schon lange nicht mehr da, mein Mann und ich lieben Ausflüge und so habe ich zugesagt.

18. Juni

Wir buchten eine Bootstour mit Lunch und machten einen Spaziergang bis zum Rütli Gasthaus.

Im Lokal ließen wir Marie holen. So war das vereinbart. Ich war gespannt, wer kommen würde.

Und dann stand sie vor mir: klein, eine mädchenhafte Figur, sehr gepflegt in ihrem dunkelblauen Kostüm, die grauen Haare sorgfältig in Wellen gelegt, umgeben von Lavendelduft und sie drückte mir eine Stofftüte in die Hand.

So konservativ, sie schien mir ganz und gar nicht zu dieser verrückten Amalie zu passen. Aber wie so oft: Gegensätze ziehen sich an.

„Grüßen sie Amalie von mir, und als Dankeschön darf ich Ihnen einen Picknickkorb übergeben."

Ich wehrte ab, das wäre doch nicht nötig gewesen und hätte ja überhaupt keine Umstände gemacht. Marie ließ sich nicht davon abbringen und bestand darauf, dass wir den Korb annahmen.

Es war mir unangenehm, für eine kleine Gefälligkeit so ein Geschenk anzunehmen.

Aber Marie versicherte mir, das wäre schon in Ordnung so.

Wir suchten uns ein schönes Plätzchen und wir leerten den Korb, gefüllt mit Trockenwurst vom Bio-Hochlandrind, Alp Käse, eingelegtem Gartengemüse und knusprigem Brot, etwas Süßes, Obst und Mineralwasser. Das Ganze gab es inklusive Picknickdecke auf diesem geschichtsträchtigen Platz, und ich überlegte, was diese ruhige, konservative Marie mit unserer verrückten Tante Amalie verband.

Amalie hatte in ihrem Leben vieles erlebt, die Hippie Zeit in den 70ern, Partys auf Ibiza, mit dem Rucksack durch Tibet und ein Leben an der Seite meines Onkels in Baden-Baden. Diese Schweizerin passte nicht zu ihr.

„Was verbindet sie mit Marie?", fragte ich meinen Mann.

„Vielleicht kennen sie sich über die Bank, über deinen Onkel?", sagte er.

„Stimmt, zu dem passt sie auch nicht."

„Aber sie führten eine glückliche Ehe."

Es dämmerte schon, als wir mit dem letzten Ausflugsschiff in Luzern anlegten. Wir legten die Sache ad acta.

20. Juni

Um neun Uhr morgens starteten mein Mann und ich mit dem Auto nach Lindau, wir rechneten mit gut zwei Stunden Fahrzeit. Das Wetter war gut. In letzter Sekunde dachte ich an diesen Kulturbeutel, den ich bis dato noch nicht einmal aus der Stofftüte geholt hatte. Bei genauerem Hinsehen war es ein uraltes Teil. Ich schämte mich beinahe für dieses schäbige zitronenfarbene Kunststoffteil. Bei Tante Amalie hätte ich zumindest mit einer vintage Joop Tasche gerechnet.

Der Kulturbeutel war ungewöhnlich groß und schwer. Was sie da wohl drinnen hatte? Aber ich bin nicht neugierig, und ließ den Beutel, wie er war, in der Stofftüte.

„Vielleicht einen Flachmann?"

„Die trinkt doch nichts.", sagte mein Mann.

„Aber was, ich meine doch nur gegen Übelkeit."

„Nein, nein, es wird wohl ein Parfüm sein."

„Kann ich mir nicht vorstellen. Es wird eher ein dickes Buch sein."

„Was werden alte Damen da wohl drinnen haben?", fragte mein Mann. „Einen Revolver? Oder eine Handgranate?"

„Hör auf damit, wir sind gleich an der Grenze."

Über solche Themen scherzt man nicht.

Wir zeigten unsere Pässe und reisten aus.

Der Grenzer fragte noch: „Haben Sie Bargeld von mehr als 10.000 CHF bei sich?"

Wir schüttelten den Kopf. Wie kam der auf so was?

Beim nächsten Rastplatz hielt mein Mann an. Wir vertraten uns die Beine, er stützte sich an einem Holzgeländer ab und sagte nur: „Ha, das tut weh." Er fuhr herum, starrte auf seine Finger.

„Wir brauchen eine Pinzette.", sagte ich.

„Hast du eine dabei?"

Ich stellte meine Handtasche und meine Kosmetiktasche auf den Kopf.

„Nein, die habe ich neulich herausgenommen, und nicht wieder eingepackt."

„Schau in die Kulturtasche deiner Tante."

Ich sträubte mich dagegen. „Das möchte ich nicht."

„Wie bitte? Das tut weh hier."

„Ist ja gut. In einem Notfall darf man das schon mal."

Ich beruhigte mein schlechtes Gewissen. Für mich ist es schon ein Eingriff in die Privatsphäre, wenn jemand in meiner Handtasche wühlt. Aber gut, es ging um meinen Mann, um seine Gesundheit, seine Schmerzen. Und überhaupt, was wird Amalie schon in diesem abgegriffenen, rissigen

Kulturbeutel haben, außer einer Haarbürste, Deo und Zahncreme. Ich holte den Kulturbeutel aus der Stofftüte und öffnete den Reißverschluss.

„Himmel, was macht die da!"

Ich wurde blass und vergaß, einen Augenblick lang zu atmen.

„Zeig her!"

Ich hielt die Kulturtasche so, dass keiner am Parkplatz etwas sehen konnte. In der Tasche waren unter dem Waschlappen – unbenutzt – Geldscheine, feinsäuberlich gebündelt, Euro und US-Dollar und zwei falsche Pässe für eine junge Frau. Ich machte die Tasche zu.

„Das sind bestimmt 100.000 Euro und jede Menge US-Dollar. Woher hat sie das Geld? Und wie kommt sie zu diesen Pässen?"

Die Pinzette war vergessen, die Schmerzen auch. Ich versuchte, die Tasche wieder in demselben Zustand zu schließen, aber der

Reißverschluss hatte sich verklemmt. Wir ruckelten hin und her, aber bekamen sie nicht mehr ganz zu.

„So lassen wir es jetzt, wird sie schon nicht merken.", sagte mein Liebster.

„Im Grunde müssten wir das bei der Polizei melden."

„Nein." Mehr sagte ich nicht dazu. Wir waren beide total geschockt, davon dass wir illegal Bargeld ausgeführt hatten und überhaupt vom Inhalt dieses „Kulturbeutels".

Ich hatte ein ungutes Gefühl in der Magengegend. Worin war Tante Amalie verwickelt?

Auf der Weiterfahrt versuchten wir, die Sache zu vergessen.

Mein Bruder begrüßte mich überschwänglich. Wir redeten über dies und das. Das Mittagessen verging schnell und als das ganze Haus nach frischem Bohnenkaffee duftete und die traditionelle Mokkatorte aufgefahren wurde, kam Tante Amalie dazu.

Meine Neffen und Nichten freuten sich über unsere Mitbringsel und die Stimmung war heiter. Es hätte so schön sein können, aber der halb offene Kulturbeutel drängte sich immer wieder in mein Bewusstsein.

Tante Amalie bedankte sich herzlich bei uns, fragte ein wenig, wie es denn so sei in Luzern und ob alles geklappt hätte mit der Marie.

Sie übernachtete ebenfalls bei meinem Bruder und sie zog sich früh zurück.

Man muss wissen, das Haus meines Bruders ist eine Villa mit riesigen Gästezimmern und Blick auf den Bodensee, es ist ein Privileg hier zu wohnen.

Gegen Mitternacht schliefen alle im Haus. Ich erwachte von einem Geräusch, das ich nicht einordnen konnte, ich schlug die Augen auf und sah sie.

Im Lichtschein der Straßenlaterne saß Tante Amalie auf dem Polsterstuhl gegenüber von meinem Bett die Beine übereinandergeschlagen, in der einen Hand eine Zigarette, in der anderen einen kleinen zierlichen Revolver, der wahnsinnig gut in ihre Damenhandtasche von Gucci passte. Sie blies kleine Rauchkringel in die Luft.

„Kindchen, ihr habt geschnüffelt.", sagte sie und zog am Glimmstängel.

Inzwischen war auch mein Mann wach.

„Das tut man nicht. Und wenn ihr irgendjemandem etwas davon erzählt, dann muss ich den hier einsetzen." Sie richtete die Revolvermündung auf mich.

Mir wurde ganz schlecht vor Angst, was sollte das? Alles wegen dieses Kulturbeutels?

Ich griff unter der Bettdecke nach der Hand meines Mannes, der ebenfalls wach war.

„Bitte was? Spinnst du?", sagte mein Mann und richtete sich auf. Im Abstreiten ist er wirklich ein Genie. „Ich glaube du hattest zu viel Likör zum Kaffee. Was bitte soll das?"

Sie lächelte mir zu.

„War nur ein Scherz." Und verschwand aus unserem Schlafzimmer.

Beim Frühstück übergingen wir die nächtliche Störung. Tante Amalie unterhielt die gesamte Familie mit ihren Abenteuern aus nah und fern. Unter anderem erzählte sie, wie sie zum Beispiel in Indien bei einem Maharadscha zu Gast war und – politisch heute nicht mehr korrekt – einen Tiger erlegt hatte (natürlich gegen eine stattliche Summe Geld). Schießen könne sie.

Mein Herz klopfte bis zum Hals. Die Rückfahrt nach Luzern verlief reibungslos und schweigend.

Es war, als hätten mein Mann und ich eine Vereinbarung getroffen, nicht mehr über Sache zu sprechen, und sie so in das Reich der Phantasie zu verbannen.

11. Juli, Luzern

Drei Wochen später setzte mein Mann die Kaffeetasse beim Frühstück so schwungvoll ab, dass der Kaffee überschwappte und auf der hellblauen Leinentischdecke einen unschönen Fleck hinterließ. „Das darf nicht wahr sein." Er schob mir die Zeitung rüber. Ich erkannte die junge Frau auf dem Bild sofort.

Die Ehefrau eines arabischen Scheichs war mit falschem Pass ausgereist und in Europa untergetaucht.

Ich verschluckte mich an dem Dinkelvollkornbrötchen. „Was wohl Tante Amalie dazu sagen wird?"

Mein Mann und ich grinsten uns an.

„Dann ist sie doch ganz in Ordnung, deine Tante.", sagte mein Mann.

Ungebetene Gäste

Freitag abends sechs Uhr: Zeit zu packen. Zehn Minuten später startete ich Richtung Vulkaneifel. Seit mir meine Tante ihr Haus vermacht hatte, verbrachte ich jede freie Minute hier. Meinen geheimen Zufluchtsort erreichte man von Frankfurt aus mit dem Auto in knapp zwei Stunden. Nach dem Alltagsstress in der Großstadt genoss ich die Ruhe auf dem Land. Hier war die Welt noch in Ordnung. Kurz nach Ulmen unterbrach der Moderator im Radio die Musik für eine Meldung: In Koblenz wurde ein Wettbüro überfallen. Der rothaarige Täter war bewaffnet und hatte den Inhaber entführt. Ich schaltete das Radio ab, das war Koblenz, nicht die Eifel. Das Böse hatte hier nichts verloren.

Die Sonne versank am Horizont hinter den Hügeln, als ich meinen Wagen im Schuppen parkte. Meine Nachbarn wohnten ein paar hundert Meter entfernt, und sie brauchten nicht gleich wissen, dass ich da war. Das Ehepaar Römer war freundlich, man kannte sich vom Namen, und das reichte auch. Sonst wäre es hier mit der Ruhe vorbei.

Ich freute mich auf mein Wochenende. Wie immer trug ich als erstes meine Tasche ins Schlafzimmer, um mich umzuziehen. Hier roch es irgendwie seltsam. Ich öffnete den Kleiderschrank, riss die Augen auf, klappte die Tür wieder zu. Das konnte doch nicht wahr sein.

Aus meinem Kleiderschrank starrte mir eine Leiche entgegen, männlich. Jetzt wusste ich, woher der Geruch kam. Schockiert setzte ich mich. Was sollte das werden?

Das hier war *mein* Ferienhaus, meine Gefühle schwankten zwischen Angst und Wut.

Wo kam diese Leiche her? Ich schnappte mir mein Handy und suchte nach Meldungen im Internet. Vermisst wurde hier in der Gegend niemand.

Außerdem stellt man sich ja nicht in einen fremden Schrank und stirbt dann. Sollte ich die Polizei rufen?

Was, wenn der Mörder noch hier war? Ich fing an zu zittern. Mit einem Besenstiel bewaffnet ging ich durch alle Räume. Alles wie immer.

Wenn ich die Polizei rufen würde, dann wäre das hier, wenn nicht der Tatort, so doch der Fundort einer Leiche. Ein grässlicher Gedanke. Ein gefundenes Fressen für die Presse. Ich stellte mir schon die Kommentare meiner Kollegen vor: „Und wie war das? Muss doch schrecklich sein. Also ich könnte da nicht mehr Urlaub machen."

Was das Schlimmste wäre, alle würden meinen geheimen Zufluchtsort kennen. Nach ein paar Wochen würden sie sich alle auf ein Gruselwochenende am Leichenfundort einladen.

Je länger ich darüber nachdachte, umso klarer wurde es mir. Die Leiche musste weg.

In der Küche schenkte ich mir einen Kirschbrand ein. Den brauchte ich jetzt. Dann legte ich den Kofferraum meines Wagens mit der Plastikfolie vom Frühbeet aus und überlegte, wo ich die Leiche verschwinden lassen konnte. Inzwischen war es dunkel, nur der Mondschein erhellte die Nacht. Es kostete mich etwas Überwindung, aber ich packte die Leiche in einen Flickenteppich, der mir noch nie besonders gefallen hatte und schleppte ihn Richtung Haustür. Wie können Tote nur so schwer sein? Mit Hilfe von zwei Blumen-wägelchen schob ich ihn hinaus zum

Schuppen. Jetzt wurde es richtig schwierig. Wie sollte ich ihn ins Auto hochwuchten? Ich war schon völlig verzweifelt. Da fragte jemand hinter mir: „Brauchst du Hilfe?" Mein Herz raste. Der Mann hob die Leiche in meinen Wagen. Ich hörte ein Klicken und sah die Waffe blitzen.

„Und jetzt ab ans Steuer. Du fährst wohin ich sage."

„Wollen Sie nicht lieber ohne mich?"

„Nein. Fahr los."

Er dirigierte mich über Feldwege zu einem Maar ganz in der Nähe. Im Sommer war ich hier schon schwimmen.

Bevor wir ankamen, fragte ich:

„Und wie kommen Sie darauf, die Leiche in meinem Haus zu verstecken?"

„Ganz einfach. Das Haus lag am Weg, und heute war es heiß." Er zuckte mit den Schultern.

Alles klar.

Der Parkplatz war nah am Ufer, es gab ein Paar Büsche und Bäume hier.

„Soll ich dich jetzt festbinden oder dich gleich mitentsorgen?", fragte er mich.

Mir wurde ganz schlecht vor Entsetzen. Einen Augenblick später sagte er:

„Nein, ich brauche dich noch."

Ich atmete auf. Aber wofür brauchte er mich noch? Wofür auch immer, ich zwang mich, nicht darüber nachzudenken. Er band mich mit der Wäscheleine, die ich extra für mein Ferienhaus im Kofferraum mitgebracht hatte, am nächsten Baum fest.

Dann schleppte er die Leiche zum Steg. Das Boot schwankte ein wenig, als er sie hinein legte. Er stieß sich mit dem Paddel ab und ruderte weg. Wenn ich jetzt nicht flüchtete, wann dann? Ich ruckelte so lange herum, bis sich die Schnur um meinem Körper lockerte.

Aber es reichte nicht. Wieder und wieder versuchte ich es. Endlich gelang es mir, eine Hand herauszuziehen. Der Rest war easy. Was jetzt? Ich hetzte Richtung Straße und war noch nicht weit gekommen, da hörte ich, wie das Boot am Steg anstieß. Schnell versteckte ich mich im Gebüsch. „Da ist sie mir doch glatt entwischt.", sagte er laut. Aber er machte keine Anstalten nach mir zu suchen. Er ließ den Motor an und fuhr an meinem Versteck vorbei Richtung Straße.

Als die Rücklichter in der Nacht verschwanden, wagte ich mich aus dem Versteck und dehnte meine verspannten Muskeln. Wenn ich nicht am Maar gestanden wäre, hätte ich geglaubt, dass ich die Sache nur geträumt hatte, so unwirklich erschien mir alles. Ich wollte nur noch nach Hause.

Völlig erschöpft von den Ereignissen und dem Rückweg sperrte ich die Haustür auf, da wurde es hell. Ich blinzelte.

„Überraschung. Ich bin auch schon hier. Mach das Licht aus."

Er packte mich am Arm und schob mich in die Küche.

„Wir warten bis Tagesanbruch, dann fahren wir beide als Pärchen nach Luxemburg oder Belgien. Je nach dem. Und dann." Er machte eine Handbewegung, die keine Zweifel ließ.

Meine Stunden waren gezählt. Ich fing an zu zittern, obwohl es gar nicht kalt war. Meine Gedanken rasten. Was konnte ich tun? Ich musste ihn ablenken.

„Möchten Sie nicht etwas essen? Ich hätte Pizza da."

Er sah mich an, als wäre ich komplett bescheuert. „Tiefkühlpizza?"

Ich nickte.

„Nein, aber kochen kannst du mir was Schönes."

Was war das für ein Mist! Ich konnte nicht kochen. Allenfalls aufwärmen.

„Was gibt´s denn?"

„Tofu Schnitzel mit Salat."

Das hatte ich für mich mitgebracht.

„Dann lieber die Pizza. Mein Magen knurrt, ich hab seit Koblenz nichts mehr gegessen. Du kannst das Licht anschalten. Wenn uns jemand sieht, sind wir gute Freunde und unser toter Kumpel ist ja nicht mehr da."

Mit Licht fühlte ich mich besser, obwohl der Typ an mir klebte wie eine Klette. Er ließ mich keine Sekunde aus den Augen. Ich heizte den Ofen vor, packte die Pizzas aus. Da machte es bei mir Klick. Koblenz? Ein bewaffneter rothaariger Täter? Plötzlich war mir klar, mit wem ich es zu tun hatte. Er hatte das Wettbüro überfallen, der Tote war vermutlich der Inhaber.

„Warum ist ihr Kumpel denn tot?", fragte ich und stellte die Pizzas auf den Tisch.

„War zu neugierig, genau wie du und er wollte mir das Geld nicht geben." Er biss von seiner Pizza ab.

„Bah, ist das scharf. Diese Peperoni Pizza kann ja kein Mensch essen." Er sah mich entnervt an. „Hast du was zu trinken da?"

Ich stellte Wasser auf den Tisch.

„Was, kein Bier?"

„Nee, nur Schnaps." Ich schenkte ihm einen Kirschschnaps ein. Vielleicht vertrug er ihn ja nicht. Prompt ließ er ihn stehen.

„Dich sperre ich bis morgen früh in den Keller und ich mache es mir hier gemütlich."

Wieder verloren. „Im Keller ist es kalt, ich brauche meine Jacke." Er kontrollierte die

Taschen und zog mein Handy heraus, bevor er mir die Jacke in die Hand drückte.

„So und jetzt zeigst du mir, wo der Keller ist." An der Tür zur Treppe angekommen, schubste er mich hinein, legte von außen den Riegel vor. Ich saß fest. In einem Gewölbe ohne Fenster und ohne Ausgang.

Meine Tante hatte eine gute Auswahl an Weißweinen. Aber mir war nicht danach. Ob ich ihm eine Weinflasche an den Kopf werfen sollte, wenn er wieder aufschloss? Aber er stand oben auf der Treppe und ich hier unten. Das war keine günstige Ausgangssituation. Müde und verzweifelt fiel ich in einen unruhigen Schlaf, bis etwas meinen Fuß streifte.

Eine Maus. Beinahe hätte ich laut aufgeschrien, aber da fiel mir auf, dass die Maus irgendwo in den Keller gekommen sein musste. Ich stand auf und suchte die Wände ab. Klopfte dagegen, in der Hoffnung, es gäbe einen Gang nach draußen. Doch es war nur eine kleine Öffnung am Fußboden, groß genug für eine Maus. Kein Fluchtweg.

Nach einer Ewigkeit sperrte er die Tür auf. „Komm raus." Müde schleppte ich mich nach oben. Was würde mich erwarten?

Er war reisefertig. Mein Ende nahte, mich schauderte. Da läutete es an der Tür. Er erstarrte.

„Mach auf, aber wehe du sagst ein Wort." Er zog die Pistole aus der Jacke. „Schon klar." Ich öffnete die Tür.

„Guten Morgen Herr Römer." Mein Nachbar hatte seinen Hund dabei, der stellte die Ohren auf und knurrte.

„Hallo Frau Bäumler. Mir ist die Marmelade ausgegangen, sie haben doch sicher noch Apfelgelee vom letzten Sommer?"

„Ja. Einen Augenblick." Ich holte ein Glas Apfelgelee aus der Küche. Der Rothaarige wurde nervös. Seine Hand zitterte. Ich holte ein Etikett aus der Schublade und beschriftete es mit S.O.S.

„Ja, dann Herr Römer. Auf Wiedersehen."

„Danke schön. Bis bald."

Mit dem Apfelgelee in der Hand marschierte Herr Römer die Auffahrt hinauf. Ich konnte nur beten, dass er das Etikett las.

„So, jetzt aber nichts wie weg. Bevor noch jemand hier aufkreuzt."

„Ich brauch` noch eine Minute."

„Klar, sonst muss ich wegen dir irgendwo stehen bleiben."

Schnell verzog ich mich ins Bad. Rausspringen, keine Chance. Er war schneller als ich, das hatte ich schon gemerkt. Also trödelte ich ein wenig herum und wünschte mir, dass Hilfe kam.

„Fertig? Los jetzt."

„Moment."

„Soll ich reinkommen?"

Da öffnete ich lieber die Tür. Meine Hoffnung, dass Herr Römer bemerkt hatte, was hier lief, schwand mit jeder Minute. Wir verließen das Haus.

„Du fährst."

Straßensperre. Der Gangster sprang aus dem Wagen, aber sie überwältigten ihn. Die Handschellen klickten. Der Alptraum war zu Ende, ich hatte den Wahnsinn überlebt. Völlig fertig und unfähig, mich zu bewegen, blieb ich sitzen, bis mir jemand den Arm tätschelte. Herr Römer stand neben mir.

„Alles ok mit Ihnen?"

„Ja, danke."

„Bedanken müssen Sie sich bei meiner Frau. Sie wissen ja, ihr entgeht nichts."

Frau Römer hatte den schrägen Vogel gesehen, und sich gewundert. Der Typ passte so gar nicht zu mir, und da war Herr Römer mit seinem Hund Daisy und seiner Jagdflinte am frühen Morgen bei mir ums Haus geschlichen. Er hatte den Besucher im Wohnzimmer beobachtet, und die Sache war ihm komisch vorgekommen. Mit der Aktion „Apfelgelee" wollte er sichergehen, dass wirklich etwas nicht stimmte, bevor er die Polizei alarmierte.

Am Nachmittag habe ich die Römers dann eingeladen zu einer Quiche Lorraine und einem Glas Weißwein. Denn gute Nachbarschaft ist unbezahlbar.

Personen und Handlungen sind frei erfunden. Ähnlichkeiten mit lebenden oder bereits verstorbenen Personen sind zufällig und nicht beabsichtigt.